আগড়ুম বাগড়ুম

পবিত্রজ্যোতি মণ্ডল

ISBN 978-93-5667-646-6

Published in India 2023 by Pencil

A brand of
One Point Six Technologies Pvt. Ltd.
123, Building J2, Shram Seva Premises,
Wadala Truck Terminal, Wadala (E)
Mumbai 400037, Maharashtra, INDIA
E connect@thepencilapp.com
W www.thepencilapp.com

সমস্ত রকম এডিটিং পি,ডি,এফ পেজ ও ফাইল মেকার –

স্ব- বাক প্রকাশনী

Email ID:- sbabakprokashani@yahoo.com

Phone Number:- 9143098660

প্রচ্ছদ

শ্রী নির্মাল্য প্রামাণিক

(স্বনামধন্য সাংবাদিক ও চিত্রশিল্পী)

উৎসর্গ পত্র:-

প্রিয়তমা তুলিকে...

সংসারের অমূল্য সময় চুরি করে, তোমার সবচেয়ে অপছন্দের কাজটি আজ করে ফেলেছি। তাই, সংসারের সব কাজ একা সামলানো, তোমার ওই দু'টি ক্লান্ত হাতে, আমার এই বইটি তুলে দিলাম।

~ পবিত্রজ্যোতি

মুখবন্ধ

দুঃখ খুবই উদার। আনন্দ বড়ই কৃপণ। সংসারে দুঃখ পায়নি, এমন মানুষ খুঁজে পাওয়া কঠিন। দুঃখ দেওয়ার মানুষও প্রচুর। অন্যকে আঘাত করতে তাঁরা সবসময় মুখিয়ে আছেন। তবে, 'পৃথিবীজুড়ে সবাই এমন'– এই কথাটি ভুল হলেও এমন আঘাতকারীর সংখ্যা নিতান্ত কম নয়। এই কাজে তাঁদের নিষ্ঠা অতুলনীয়। আমাদের সংসার জীবনে তাঁরা অনেক রূপ ধরে থাকেন। এঁদের কেউ প্রতিবেশী, কেউ আত্মীয়, কেউ ছদ্মবেশী বন্ধু, আবার কেউ বা সহকর্মীর রূপ ধরে– ঘাপটি মেরে আছেন। সুযোগ পেলেই আঘাত করেন। আমরাও দুঃখ পাই। অজান্তে হয়তো আমরা দুঃখ দিয়েও থাকি। এছাড়া, দুঃখের রসদ হিসেবে রোগ-শোক, দারিদ্র্য-ক্ষুধা, মহামারী– তো আছেই। তাই, আমরা না চাইলেও এই সংসারে খুব সহজেই দুঃখের দেখা মেলে। সুখ সহজে মেলে না।

সাধক রামপ্রসাদ আক্ষেপ করে বলছেন, "দুঃখ যদি তোর ছিল জানা, সুখ দিতে কে করল মানা!" এখন মনে প্রশ্ন জাগে, এই সংসারে দুঃখ দিতে তো সবাই পারে, কিন্তু আনন্দ দিতে পারে কয়জন? গোমড়াথেরিয়াম আর রামগড়ুড়ের ছানাদের ভিড়ে আহ্লাদিরাও আজ হারিয়ে গিয়েছে। ইউটিউব, টিক-টক, ফেসবুকে এমনকি টেলিভিশনে প্রচারিত হাসির লাইভ শোগুলোতে, আলোচনার ইঙ্গিত যেদিকে যায়– সত্যি বলতে কী– তা বেশিরভাগ ক্ষেত্রেই ছোটদের উপযোগী নয়। অনেক সময় তা বড়দের কাছেও বিরক্তিকর। তাই, প্রাণ-খোলা নির্মল হাসি-খুশির আনন্দ, সহজে খুঁজে পাওয়া যায় না। সংসারে আনন্দ বড়ই কৃপণ। তাকে খুঁজে পাওয়া ভার।

তবে, এই কথাগুলি খুব একটা নতুন নয়। এইগুলি কম-বেশি সকলের মনের কথা। সকলের উপলব্ধি। ২০২০-২২ সাল নাগাদ, সমগ্র বিশ্ব যখন করোনার একের পর এক ঢেউয়ে উথালপাথাল– সকলে আতঙ্কিত, ঘরবন্দী, আবার অনেকে স্বজন হারানোর বেদনায় ভারাক্রান্ত– তখন এই কথাগুলিই খুব বেশি করে মনে হত। দু'দফায়

কোভিশিল্ড ভ্যাকসিন নিয়ে, পঞ্চায়েত ভোটের ডিউটি করে আসার পর, যখন আমার বাড়ির সকল সদস্যবৃন্দ করোনায় আক্রান্ত হয়ে কাতরাচ্ছে, সেই সময়, জীবন-মৃত্যুর দোরগোড়ায় দাঁড়িয়ে, আরও একটি উপলব্ধি, আমাকে সত্যিই খুব নাড়া দিত। মনে হত, জীবনের সবই তো শেষ হয়ে গেল। এখনও তো কত কিছু করার ছিল। কত কী জানার ছিল। জানানোর ছিল। দেখার ছিল। দেখানোর ছিল। শোনার ছিল। শোনানোর ছিল। সেগুলি আর বোধহয় হল না! এই বুঝি, তাঁর ডাক এল। সবকিছু ত্যাগ করে, সব মায়ার বন্ধন ছিঁড়ে, এবার হয়তো ফিরতে হবে। অনন্তের পথে। অসীমের উদ্দেশ্যে। একাকী। কোথায় স্ত্রী-পুত্র, বাবা-মা, বন্ধু-বান্ধব? কেউ নেই। সব পাতানো সম্পর্ক। দেহ নেই। মন নেই। বুদ্ধি নেই। একমাত্র সত্য হল– আত্মার-আত্মীয়, পরমাত্মা।

এই দুই উপলব্ধি আমাকে টেনে নিয়ে গেল। ছড়া-ছন্দের দুনিয়ায়। বহু বছর আগে, স্কুল জীবনে যা ছিল সহপাঠী বন্ধুদের মধ্যে খুনসুটির মাধ্যম, ঠাট্টা-মজার ছলে ছড়া-ছন্দ লেখা; সেটাই সেদিন হয়ে উঠল, আমার গৃহবন্দী দশায় একাকীত্ব কাটানোর প্রধান হাতিয়ার। বেশ কিছু কবিতা, ছড়া-ছন্দ আর গল্প লিখে ফেললাম। লোকের বাহবা পেলাম। উৎসাহ আরও বেড়ে গেল। একসময় নেশা ধরে গেল। সংসারের নানান কাজের মধ্যেও সময় চুরি করে নিয়ে লিখতাম। কখনো লিখতাম রাত জেগে, বাড়ির সবাই ঘুমালে। কখনো বা মাঝ রাতে– বিছানা ছেড়ে উঠে– পাশের ঘরে গিয়ে, লেখার বাকি অংশ শেষ করতাম। শ্রদ্ধেয় বিশ্বমোহন (দাস) স্যার বলতেন, "তোমার লেখা, কেউ পড়ুক বা না পড়ুক– তুমি শুধু লিখে যাও। লেখার অভ্যাস কখনও ছেড়ো না।" মনের আনন্দে লিখতে শুরু করলাম। যখন যা মনে এল, তাই লিখতে লিখে ফেললাম। লিখতে-লিখতে এক সময় মনে হল, আমার এই আগড়ুম-বাগড়ুম লেখাগুলি, কেউ কী কোনদিন পড়বে? আজ সুযোগ যখন এল, তখন ওই আগড়ুম-বাগড়ুম লেখাগুলি, বই আকার পাঠকের কাছে তুলে দিলাম। আত্মীয়-বন্ধু, যারা নিরন্তর আমাকে উৎসাহ দিয়েছেন এবং যারা আমার লেখাকে ক্লান্তিহীন উৎসাহে ব্যঙ্গ-বিদ্রূপ করেছেন, তাঁদের সকলের গঠনমূলক সমালোচনাকে বিশেষ মান্যতা দিয়ে, আমার ছড়িয়ে-ছিটিয়ে থাকা একগুচ্ছ ছন্দ-কবিতাকে দু'টি মলাটের মধ্যে ভরে দিয়ে বই আকার প্রকাশ করলাম। সত্যি, কী যে আগড়ুম-বাগড়ুম লিখেছি– তা নিজেও জানি না! তাই, আদর করে বইয়ের নামটিও

রাখলাম, 'আগড়ুম বাগড়ুম'। পাঠকের কাছে শুধু একটাই অনুরোধ— পড়ে ভাল না লাগলে, বইখানা ডাস্টবিনে ছুঁড়ে ফেলে দেবেন।

সবশেষে, কৃতজ্ঞতা জানানোর পালা। সবার আগে কৃতজ্ঞতা জানাই আমার স্ত্রী শ্রীমতী সুমনা (তুলি) মণ্ডলকে এবং আমার একমাত্র পুত্র শ্রীমান দিব্যজ্যোতি (যিশু) মণ্ডলকে। তাদের কাছে আমি অপরাধী। কারণ, তাদেরকে যে সময় আমার দেওয়া উচিত ছিল, তা থেকে নিজেকে সরিয়ে নিয়ে, অনেক সময় আমি লেখায় মেতেছি— সৃষ্টি সুখে, সৃষ্টির উল্লাসে। কৃতজ্ঞতা জানাই আমার বাবা শ্রী অসীমজ্যোতি মণ্ডলকে এবং আমার মা শ্রীমতি আশালতা মণ্ডলকে। তাঁরা আমাকে এই পৃথিবীর আলো না দেখালে, আমার পক্ষে এই কাজ আদৌ সম্ভব হত না। এর সঙ্গে কৃতজ্ঞতা জানাই পিতৃতুল্য শ্রী মৃণালকান্তি রায় এবং মাতৃতুল্যা শ্রীমতী কৃষ্ণা রায়কে। তাঁরা সকল সময়, আমাকে সকল কাজে উৎসাহ দিয়েছেন। এর সঙ্গে একরাশ ভালবাসা জানাই, আমার আদরের ভাইজি কুমারী স্বীকৃতি (মিষ্টু) রায়কে। তার সঙ্গে দু'দণ্ড কথা বললে, আমার মন ভাল হয়ে যায়, আমি সকল দুঃখ-কষ্ট ভুলে যাই।

কৃতজ্ঞতা জানাই, আমার বাল্যবন্ধু স্বনামধন্য সাংবাদিক ও চিত্রশিল্পী শ্রী নির্মাল্য প্রামাণিক-কে। এই বইটির প্রচ্ছদ অলংকরণ করে, সে আমাকে ভালোবাসার বাহুডোরে আজীবন বেঁধে ফেলেছে। কৃতজ্ঞতা জানাই, স্ব-বাক প্রকাশনীর কর্ণধার, মাননীয় শ্রী গোপাল পাত্র মহাশয়কে। এই বইটি প্রকাশে তিনি সর্বতোভাবে সাহায্য করেছেন। তাঁর নিরলস প্রচেষ্টা ছাড়া, এই বইটি কখনোই আলোর মুখ দেখতে পেত না।

এবার প্রণাম জানাই— ঠাকুর, মা ও স্বামীজীর উদ্দেশ্যে এবং আমার সাষ্টাঙ্গ প্রণাম জানাই স্বামী সুহিতানন্দজী মহারাজকে। তাঁদের আশীর্বাদ না থাকলে, আমি কখনওই এই পথে আসতে পারতাম না।

<table>
<tr><td>বসিরহাট</td><td>ইতি~</td></tr>
<tr><td>উত্তর ২৪-পরগনা</td><td>বিনীত গ্রন্থকার</td></tr>
<tr><td>১ বৈশাখ, ১৪৩০</td><td>দিব্যজ্যোতি মণ্ডল</td></tr>
</table>

লেখক পরিচিতি

লেখক বাংলাদেশের সাতক্ষীরা জেলার অন্তর্গত কাটাখালির প্রখ্যাত জমিদার শ্রীতিলাল মণ্ডল মহাশয়ের প্রপোত্র। লেখকের পিতা স্বনামধন্য শিক্ষক শ্রীঅসীমজ্যোতি মণ্ডল এবং মাতা শ্রীমতী আশালতা মণ্ডল। জন্ম ১০ নভেম্বর ১৯৭২, শুক্রবার। জন্মস্থান পশ্চিমবঙ্গের অবিভক্ত ২৪-পরগণা জেলার বনগ্রাম শহর। বনগ্রাম হাই স্কুলের প্রাক্তন ছাত্র। ওই বিদ্যালয়ের সংস্কৃতিতে সাহিত্য চর্চার উজ্জ্বল ইতিহাস রয়েছে। কথাসাহিত্যিক বিভূতিভূষণ বন্দ্যোপাধ্যায় ছিলেন এই স্কুলের প্রাক্তন ছাত্র। বিদ্যালয়ে পড়াকালীন বন্ধুদের মধ্যে খুনসুটির ছলে– ছড়া, কবিতা, গল্প, প্রবন্ধ ইত্যাদি লেখার অভ্যাস ছিল। পরবর্তীতে উচ্চ শিক্ষার তাগিদে সেই অভ্যাসে ভাটা পড়ে।

২০২০-২১ সালে, বিশ্বজুড়ে 'করোনা' অতিমারী আকার ধারণ করলে, বাধ্যতামূলক গৃহবন্দীদশার একঘেয়েমি কাটাতে ও মানসিক চাপ কমাতে, লেখার ভুতটি আবার মাথাচাড়া দিয়ে ওঠে। ভূগোলে স্নাতক ও স্নাতকোত্তর ডিগ্রী লাভ করে, ভারত সরকারের বিজ্ঞান ও কারিগরি দফতরের অধীন জাতীয় মানচিত্র বিভাগ তথা National Atlas and Thematic Mapping Organization (NATMO)-তে কনিষ্ঠ ভৌগোলিক (Junior Geographer) হিসাবে চার-পাঁচ বছর কাজের পর, স্কুল জীবনের আকর্ষণে শিক্ষকতা শুরু হয়। বর্তমানে, বসিরহাট মহকুমার অন্তর্গত দক্ষিণ বাগুণ্ডি পিয়ারী লাল হাইস্কুলে ভূগোল বিষয়ে শিক্ষকতার পাশাপাশি, বর্ধমান বিশ্ববিদ্যালয়ের অধীনে গবেষণার কাজে নিযুক্ত।

এছাড়াও ইউটিউব চ্যানেল, @littlegeography4756-তে নিয়মিত পঠনপাঠনের সঙ্গে যুক্ত। ভূগোল বিষয়ে– প্রথম, দ্বিতীয়, তৃতীয় ও চতুর্থ শ্রেণীর পাঠ্যপুস্তক রচনা করার পাশাপাশি বিভিন্ন ধরনের ইংরেজি ও বাংলা ভাষার পত্র-পত্রিকায় লেখালেখির সঙ্গে যুক্ত। NATMO-তে কাজ করার সময়, দৃষ্টিহীনদের জন্য মানচিত্রাবলী (Atlas for Visually Impaired) তৈরি করা হয়– যা সমগ্র এশিয়াতে প্রথম।

জীবনসঙ্গিনী সুমনা (তুলি) মণ্ডল এবং একমাত্র পুত্র দিব্যজ্যোতি (যিশু) মণ্ডলের নিরন্তর উৎসাহে, শিক্ষকতার পাশাপাশি বর্তমানে শখের লেখক, ছড়াকার ও প্রাবন্ধিক। হাইকু, পঞ্চবান, লিমেরিক প্রভৃতি আধুনিকধর্মী ছন্দ-ছড়ার পাশাপাশি শিশুতোষ-ছড়া ও রম্য রচনায় বিশেষ আগ্রহী। প্রিয় লেখক সুকুমার রায় ও সঞ্জীব চট্টপাধ্যায়।

সূচিপত্র

আগডুম বাগডুম

দুঃখের দুনিয়ায়

ব্যথা জোটে সহজে।

খুশি কেন দুর্লভ,

ঢোকে না যে মগজে!

জীবনের জাঁতাকলে

পিষে মরো সারাদিন।

সন্ধ্যেয় বাড়ি ফিরে

মাথা করে ঝিমঝিম।

চা-টাও না পাওনি

মেজাজটা বিগড়ে।

তার উপর বউ যদি

গালি দেয় উগরে।

মুখখানা কালো করে

বসে কেন ভাবছ?

'আগডুম বাগডুম'—
বড় সস্তায় পাচ্ছ।

যদি তুমি বইখানা
পড়ে দেখো একবার।
কৈশোর ফিরে পেলে,
মনে হবে বারবার।

কত টাকা কত দিকে
করো তুমি নষ্ট।
বইখানা কিনে দেখো
পাবে না যে কষ্ট।

আগ ভাগে বলে রাখি
ভুল-ত্রুটি ধরো না।
নিজ গুণে মাফ করে—
গালি বেশি দিও না।

———

মায়ের ইচ্ছে

বিদ্যা দিও মাগো আমায়, দেব পলাশ ফুল

জোড়া-সন্দেশ দেব তোমায়, সঙ্গে দেব কুল।

নতুন ক্লাসে গেলাম উঠে— পরীক্ষা না দিয়ে

হোম যজ্ঞ করব এবার, বেলপাতা আর ঘিয়ে।

বই-খাতা আর দোয়াত-কলম, তোমার কাছে দিলাম

এই অছিলায় পাবজি খেলার দেদার সুযোগ পেলাম।

হাঁসটা তোমার হাসছে কেন, আমার কথা শুনে?

ষাটটি লজেন্স দেব তাকে— খাবে না হয় গুনে।

মা বললেন, 'হাসবে না তা— ফন্দি ভালই আঁটিস

অনলাইনে ক্লাসের ছলে ফোনটি নিয়ে মাতিস।

এখন কেন বই-খাতা সব, আমায় দিতে চাস?

স্মার্ট ফোনটা দিয়ে আমায়— যেদিক খুশি যাস।'

———

সাধের বড়ি

বড়ি খাওয়ার সাধ জেগেছে

বাড়ির বড় কর্তার।

গিন্নি মায়ের তাই একটি

সুতি কাপড় দরকার।

আলমারিতে কর্তা বাবুর

ছিল বিয়ের ধুতি।

জরি দিয়ে পাড় বাঁধানো

খোলটা খাঁটি সুতি।

ওই কাপড়েই বসবে বড়ি

টাপুর-টুপুর করে।

ডাল-কুমড়ো বাটতে হবে

উঠে খুবই ভোরে।

সাত সকালে ছাদে উঠে

বড়ি দেওয়া শুরু।

বড়ির নাক দেখে মায়ের

কুঁচকে গেল ভুরু।

বড়ির নাক উঁচু হলে-

দেখতে হবে খাসা।

শত চেষ্টার করেও বড়ি,

যেন থ্যাবড়া বাতাসা!

স্ত্রী লিঙ্গে বড়ি আর-

পুং লিঙ্গে বড়া।

চাইলে খেতে বড়া তবে,

ভাজতে হবে কড়া।

ভাতের সঙ্গে বড়া ভাজা

দুপুর বেলা খেয়ে।

ছাদের উপর বসেন কর্তা

কাগজখানি নিয়ে।

গিন্নি মায়ের কড়া আদেশ-

'চৌকি দেবে ঠায়।'

ছাদে বসে তাই কর্তা

এদিক ওদিক চায়।

খানিক পরে ছাদের ধারে

একটি-দু'টি কাক।

ততক্ষণে কর্তা বাবুর-

ডাকতে থাকে নাক।

মুখের উপর কাগজখানি

ঠ্যাং ছড়িয়ে থাকে।

ঘুম ভাঙে সেই বিকেলবেলা

গিন্নি মায়ের ডাকে।

'কোথায় আমার সাধের বড়ি-

ছাদটি কেন ফাঁকা?

বড়ির কাপড় পাহারা দিতে,

তোমায় কেন রাখা?

সাধের বড়ি গেল কোথায়

বিয়ের ধুতি চড়ে!

বাতাসেতে ভর করে কি,

গেল কোথাও উড়ে?‘

গোটা পাঁচেক বাঁদর দেখি-

রান্না ঘরের চালে।

ওই তো মায়ের বড়ির কাপড়,

বকুল গাছের ডালে!

───────

সেরা গায়ক

কেউ শোনে গান শোবার সময়

কেউবা শোনে ভোরে,

কেউ শোনে গান লো ভলিউমে

কেউবা শোনে জোরে।

গান শুনে কেউ উদোম নাচে

কেউবা থাকে বসে

গান শুনে কেউ সিটি বাজায়

কেউবা ফেলে হেসে।

কারোর গানে দাও বাহবা

কারোর গানে গালি

কেবল দেখি মশার গানে

হাততালি দাও খালি।

———

ভূতুড়ে ভোটার

ভোটটি দিয়ে শুধাই আমি—

ওরে ও ভাই পোলিং এজেন্ট,

বলতে পারেন, আমার বৌ কি

আজ এখানে ছিলেন প্রেজেন্ট?

ভোটার লিস্টে চোখ বুলিয়ে

পোলিং এজেন্ট বললে হেসে,

ভোট দেখছি, দিয়ে গেছেন

সাত সকালে বৌদি এসে।

বললে আরও অবাক হয়ে—

বৌদি বুঝি পৃথক থাকেন?

তা বছর দশেক হল— বলি,

বৌদি তোমার মারা গেছেন।

এবার বুঝি দেখা হবে—

প্রতি ভোটেই ভাবি মনে,

আদর করে কাছে ডেকে

সেলফি তুলে রাখব ফোনে।

———————

প্রাইভেট টিউশন

কৃপাণবাবু কিপটে বড়ই, কিন্তু পড়ান ভালো

সন্ধ্যেবেলা ছাত্র পড়ান জ্বালিয়ে ঘরে আলো।

গতবারের বিজয়াদশমী– নেই কি মনে কারু
সবার হাতে দিয়ে ছিলেন, একটা করে নাড়ু!

জনা দশেক ছাত্র আসে, আশেপাশে বাড়ি
দু'একটি দুষ্ট বেজায়, আস্ত বদের ধাড়ি।
চৌকি খাটে পড়তে বসে পেনের ঢাকনা খুলে
টুকুস্ করে ফেলে দিয়ে, আনে আবার তুলে।

ঢাকনা তোলার সুযোগ নিয়ে খাটের নিচে ঢুকে
দু'একখানা ঝুনো নারকেল, দেয় গড়িয়ে ঠুকে।
ঘর-বারান্দা হয়ে নারকেল, উঠোনে গিয়ে পড়ে
বাইরে যাওয়ার ছলে আবার থলিতে নেয় ভরে।

পড়ার শেষে ফাঁকায় বসে, সবাই মিলে খায়
কয়েক মাসেই খাটের নিচে ফাঁকা হয়ে যায়।
এসব কথা বলব না আর– শুনলে হবে হা
পড়তে যেত সাইকেলে সব থলেয় নিয়ে দা।

———

রাতের অতিথি

নিঝুম রাতে ঘুরত-বেড়াতে, দিচ্ছে হানা আগন্তুক

বলছি যা সব সত্যি কথা, করছি না তো কৌতুক।

পরশু রাতে পাশের ছাদে, দাঁড়িয়ে ছিল চুপচাপ

নিজের চোখে দেখে তাকে, করছিল বুক ঢুপঢাপ।

একদৃষ্টে দেখছিল সে, চোখগুলো তার গোলগোল

হঠাৎ দেখে গেলাম ভুলে, করতে হবে শোরগোল।

এমন সময় পেল হাঁচি, যেমনি জোরে হাঁচা—

ডানা মেলে গেল উড়ে, একটি লক্ষ্মীপ্যাঁচা।

————————

ঠিকদুপুরে-অদ্ভুতুড়ে

হঠাৎ সেদিন মেঝের প'রে

উপুড় ঝুড়ি আপনি ঘোরে।

ঘুরছে ঝুড়ি এঘর-ওঘর

বলছে সবাই, 'জাপটিয়ে ধর।'

হুকুমটা কে দিচ্ছে, কাকে?

পালাতে চায় সবাই আগে।

ঘটছে একি দুপুরবেলা–

ঘরের মাঝে ভূতের খেলা !

হড়মুড়িয়ে বাইরে এসে

দরজা দিলাম জোরসে ঠেসে।

ঘরের ভিতর ছিল ভোলা

ঘুমালে– যায় কি তোলা !

জানলা দিয়ে বলছি সবাই –

'ওরে ভোলা, পালিয়ে আয়।'

সবাই মিলে ডাকার চোটে

হঠাৎ করে ঘুমটা ছোটে।

ঘুমের ঘোরে উঠল বসে

তড়াক্ করে এক নিমেষে,

রগড়ে নিয়ে চোখ দু'খানা

দেখছে ভোলা ব্যাপারখানা।

ডাইনে-বাঁয়ে আগে-পিছে

চলছে ঝুড়ি নিজে নিজে !

ঘুরছে ঝুড়ি আপন মনে

থমকাল ঠিক ঘরের কোণে।

বলছে সবাই সাহস দিয়ে –

'ধর দেখি তুই, দৌড়ে গিয়ে।'

চলল ভোলা গুটি-গুটি

আমরা ভয়ে গুটি-সুটি।

কেউ বলছে, 'করবে মাটি –

লাগবে ভোলার দাঁত-কপাটি।'

খপ্ করে সে ধরল চেপে –

উঠল ঝুড়ি একটু কেঁপে।

ঝুড়ির নিচে হাঁচড়-পাঁচড়

কী জানে কে কাটছে আঁচড়!

বাধিয়ে নিয়ে এক আঙুলে

ধরল ঝুড়ি একটু তুলে।

নিচ্ছে ভোলা বেজায় ঝুঁকি,

ঝুড়ির নিচে কী দিচ্ছে উঁকি?

সুড়ুৎ করে পাশ-কাটিয়ে

পালায় পুষি লেজ গুটিয়ে।

––––––––––

উল্টোডাঙা

কেউ বা নামে উল্টোডাঙা,
কেউ বা নামে বিধাননগর।
ট্রেনখানা যে এলো কোথায়?
সন্দেহ হয়— মনের ভেতর।

প্ল্যাটফর্মে নেমেই যারা,
এগিয়ে চলে সিঁড়ির উপর।
টিকিট কেটে বিধান মেনে,
নামলো তাঁরাই বিধাননগর।

উল্টো দিকে ঝাঁপিয়ে যারা
খেলবে ভাবে কুমির-ডাঙা,
বিধাননগর স্টেশনখানা—
তাদের কাছে উল্টোডাঙা।

____

অভেদ

তিলক কেটে ত্রিলোক গোঁসাই
ট্রেনে চড়ে যায় যে কোথায়!
হঠাৎ, টিটি ট্রেনের ভেতর–
গোঁসাই দেখে পড়ল নজর।

"টিকিট" বলে হাত বাড়িয়ে–
সামনে টিটি যায় দাঁড়িয়ে।
ঝোলার ভেতর হাতড়ে শেষে
টিকিট দেখায় মুচকি হেসে।

"এ টিকিট শিয়ালদহ–শ্যামনগর
ট্রেন, ঢুকছে এখন কৃষ্ণনগর!"
বললে টিটি, "ব্যাপারটা কি–
গোঁসাই হয়ে এই চালাকি?"

দু'হাত তুলে আকাশ পানে–
মুখ বাড়িয়ে টিটির কানে।

বললে গোঁসাই একটু হেসে,

"কৃষ্ণ-শ্যামে ফারাক কিসে!"

————

গদাই-এর দুঃখ

ওরে গদাই ! দেখছি সদাই, মুখটি করে কালো

উদাস হয়ে থাকিস্‌ বসে, শরীর-টরীর ভালো?

কথাও তেমন বলিসনে আর ! পাশ কাটিয়ে যাস্‌

দশ-বারোবার ডাকলে পরে, একটু ফিরে চাস্‌ !

চায়ের ঠেকেও যাস্‌ না বড়, যাস্‌ না বাজার-ঘাটে

সুযোগ পেলেই কাঁদিস্‌ বসে- ষষ্ঠীতলার মাঠে !

খাওয়া-দাওয়াও দিছিস্‌ ছেড়ে ! শুনতে আমি পাই

এমন কেন করিস্‌ রে তুই? বলনা আমার ভাই।

আবার দেখ কাঁদিস্ কেন? ব্যথা দিলাম মনে?

শক্তিগড়ের ল্যাঙচা খাবি? কালকে দেব এনে।

মৌনী ভেঙে বললে গদাই, 'ঘটে গেছে যা তা

দিন দুপুরে চুরি গেছে- শ্বশুর বাড়ির ছাতা!'

খণ্ডযুদ্ধ

কী যে তুমি রান্না করো,

না আছে নুন-ঝাল!

সিরিয়ালটা দেখছো বেশি

ওটাই তোমার কাল।

রান্না বুঝি করছো তুমি,

টিভির দিকে চেয়ে!

নুন-ঝাল নেই মুসুর ডালে

দেখেই না হয় খেয়ে।

রেগে আগুন গিন্নি বলেন,

খুন্তি নিয়ে হাতে—

ফোনটা থেকে চোখ সরিয়ে,

তাকিয়ে দেখো পাতে!

ডালের বাটি তেমনি আছে,

তোমার থালার পাশে।

ডুবিয়ে রুটি খাচ্ছ তুমি—

খাবার জলের গ্লাসে!

———

ভূতচতুর্দশী

ভূতের ছড়া লিখতে হবে,

সম্পাদকের ফরমায়েশে।

সবার ঘাড়ে ভূত চাপানো—

আদেশ যে তাঁর সর্বনেশে!

কী যে লিখি, পাই না ভেবে-

দিনের বেলায় যা জমজম!

সন্ধ্যা হতেই 'তাঁদের কথা'

ভাবলে লাগে- গা ছমছম।

লিখব না হয় ভোরে উঠে-

তখন আমার কিসের ভয়!

ভূতের ছড়া লিখব যখন,

কেউ কি আমায় ভিতু কয়?

এসব ভেবে আসছে না ঘুম,

ভাবছি উঠে জল খেতে যাই।

হঠাৎ শুনি মাথার কাছে-

'আঁই দেঁখি তোঁর রঁক্ত খাঁই।'

———

আয়-ব্যয়

যেমন আয় তেমন ব্যয়-

বলে গেছেন গুণিজনে।

কিন্তু সেসব মানে ক'জন,

পাচ্ছি না যে হাতে গুনে!

মাস পয়লা আসার আগেই

হিসাব কষে ডাইরী ভরে।

বেবাক ভুলে খরচা লাগায়

মাসকাবারি বাজার করে।

বাঁচবে যখন রাজার মতো

খানাপিনায় শখের সাজ।

লাগাম ছাড়া বেহিসাবি

লাটসাহেবী ফুর্তিবাজ।

আপন সুখে বিভোর এরা

যতই বাড়ুক ঋণের বোঝা।

ঋণ মেটানোর চাইতে সহজ

নতুন কোনও ওজর খোঁজা।

আবার কিছু বান্দা দেখো

খরচ করতে কষ্ট পায়।

পোশাক জুড়ে তাপ্পি বেশি

অনেক কষ্টে দিচ্ছে গায়।

নিজের বাড়ি মিষ্টি এলে

সুগার বলে উঠতে চায়।

এরাই আবার কুটুম বাড়ি

পাল্লা দিয়ে মিষ্টি খায়।

পয়সা এদের অঢেল আছে

মনটা কেবল আমির নয়।

টাকার পাহাড় বানিয়ে এরাই

করছে কেবল চুরির ভয়।
____

চোখে পড়া

একটি টাকাও হয়নি খরচ

যখন আমার চোখে পড়ত বালি।

বেরিয়ে যেত এক নিমেষে

কেবল জলের ঝাপটা দিতাম খালি।

আজ পকেটখানাই আছে শুধু

যখন তোমার চোখে পড়লো শাড়ি!

বেরিয়ে গেল হাজার সাতেক

এমন সর্বনাশের মাথায় বাড়ি।

হ্যাংলা

পথেঘাটে খিদে পেলে

যদি কিনে খাও।

কেক-বিস্কুট ফল-ফুলুরি
কিংবা চিকেন চাউ।

চাইবে না কেউ তোমার দিকে
চাইবে নাকো হাতে।
চাইবে না কেউ আড়চোখেতে
চাইবে নাকো পাতে।

কিন্তু যদি টিফিন খুলে
বাড়ির খাবার খাও।
রুটি-সুজি ছোলা-মুড়ি
কিংবা বড়া-পাউ।

আড়ে-আড়ে দেখবে সবাই
তোমার মুখের পানে।
উঁকিঝুঁকি দেবেই তোমার
টিফিন কৌটোর টানে।

____

কার্তিক

মাগো আমার লাগে যে শীত, ঠান্ডা বড়ই আজ,
কোলে তুলে নাও না ঘরে, যতই থাকুক কাজ।
পাড়ার যত কাকুরা সব, রেখে গেছেন আমায়
সারা রাত আছি বসে, তোমার দোরের গোড়ায়।

আট-দশজন দলে ওরা, মুখ ঢেকে সব ছিলেন,
যাওয়ার সময় চিঠিখানি, আমার হাতে দিলেন।
এতে নাকি লেখা আছে- কালকে তোমার বাড়ি
কাকুরা সব প্রসাদ খাবেন, সঙ্গে দইয়ের হাঁড়ি।

এসব শুনে তুমি আবার- রাগ করো না মাগো,
সকল চিন্তা ছেড়ে এবার, পুজোর কাজে লাগো।
ভক্তি ভরে আমার পুজো, করলে তোমার ঘরে-
তোমার কোলে খোকা-খুকু, আসবে আলো করে।

———————

দুর্গা পুজো

বাবুর বাড়ি দুর্গা পুজো

দেখবি যদি চল।

চার-পাঁচ দিন ধরে সেথায়

নামবে লোকের ঢল।

ষষ্ঠী হবে বোধন তলায়

বাজবে জোরে ঢাক।

কাঁই না-না, কাঁই না-না

ছাড়বে কাঁসর ডাক।

সপ্তমীর ওই ভোরে হবে

কলাবোয়ের স্নান।

নবপত্রিকা রূপে মায়ের

মণ্ডপে হয় স্থান।

মহাষ্টমীর পুষ্পাঞ্জলি

হবে উচ্চ রবে।

মহানবমী পড়ার আগেই

সন্ধি পুজো হবে।

দশমীতে বাবুর বাড়ি

হবে ভুরিভোজে।

পেটপুরে খাওয়ার সুযোগ

আসে কী আর রোজ!

বিসর্জন

জলে দর্পণ পড়ল এবার,

মায়ের পুজোর শেষ।

গোধূলি আকাশ রাখছে টেনে

সিঁদুর খেলা রেশ।

ঢাকের বোলে উঠল এবার

বিদায় বেলার সুর।

যতই কাঁদুক মর্ত্যবাসী
মা যে ফিরবে স্বর্গপুর।

কেউবা কাঁদে মায়ের শোকে
কেউবা করে খেদ।
রানী মায়ের ছোট জামাই
ধরল এবার জেদ।

বিসর্জন দেব না মাকে
রাখব যত্ন করে।
দুর্গামন্দির গড়ব না হয়
রানী মাকে ধরে।

অবাক হয়ে ভাবছে সবাই
নতুন কিছু হবে।
এমন সময় খবর এল—
ঠাকুর কিছু কবে।

ঠাকুর বলেন, 'ছোট বাবু,
মা কি কারো পর?

সন্তানদের ছেড়ে মা কী

ফিরবে স্বামীর ঘর !

মন্দিরের ওই মৃন্ময়ী মা

গঙ্গা জলের কাদা।

হৃদ-মাঝারে চিন্ময়ী মা

আছেন বসে সদা।‘

———

তুবড়ি

ছোটন বলে, ‘ঠাম্মি তুমি দাও না কিনে বাজি,

কালিপুজোয় চাই না কিছুই, হও না তুমি রাজি।‘

অনেক ভেবে, ঠাম্মি বলেন, ‘আচ্ছা তবে কেনো-

(তবে) শব্দ-বাজি নিষেধ কেনো, এই কথাটি মেনো।‘

সন্ধে হতেই উঠোনখানি, আলোয় গেছে ভরে

তুবড়িটাতে আগুন দিয়েই, ছোটন যাবে সরে।

কিন্তু হঠাৎ, শব্দ বিকট, তুবড়ি গেল ফেটে
গলগলিয়ে রক্ত ঝরে ছোটন সোনার পেটে।

বছর ঘুরে আবার ফিরে, এলো দীপাবলি
গত বছর এমন দিনে ছোটন গেছে বলি।
চারিদিকে পুড়ছে বাজি, জ্বলছে কত আলো
জানালা ধরে ঠাম্মি বসে- ঘরে আঁধার কালো।

অস্ত্রোপচার

ও ডাক্তার! দাঁতটা তুলে দাও তো দেখি বাঁধিয়ে,
ক'দিন ধরে দাঁতের ব্যাথায়, মরছি আমি হেঁদিয়ে।
আসার পথে দেখতে পেলাম, চক্ষুদানের বিজ্ঞাপন
মরার পরে আমার চোখে, দেখতে পাবেন অন্ধজন।

নাক-কান আর কিডনী-লিভার, অঙ্গ আরও নানা
শল্য করে পাল্টানো যায়, আজকে সবার জানা।

অঙ্গ কোনো অচল হলেও, বদলে নেওয়া যায়—

কিন্তু কারোর ফাটা কপাল, পাল্টে নেওয়া দায়!!

———

ঘরজামাই

নতুন বৌয়ের কান্না দেখে,

বরের সে কী কান্না!

মুখ টিপে সব হাসছে দেখে

বৌ হেসে কয়, 'আর না!'

চোখ মুছিয়ে বলল কনে,

'এবার তুমি থামবে?

তোমায় দেখে ভাবছে সবাই

শ্বশুরবাড়ি থাকবে!'

———

বৌমা ষষ্ঠী

বাজার করার ভয়ে রোজই

ঘুমিয়ে থাকো ঘাপটি মেরে।

আজ দেখছি সাত সকালে-

স্নান-টান সব নিলে সেরে!

আজকে তোমার কদর বিরাট

করছ আবার অফিস কামাই।

দইয়ের হাঁড়ি ঝুলিয়ে হাতে

সাজবে তুমি নতুন জামাই।

বছর-বছর জ্যৈষ্ঠ মাসে

ঘটা করে ষষ্ঠীতে যাও।

চার-পাঁচ দিন ঘাঁটি গেড়ে

শ্বশুর বাড়ির খানা খাও।

টেবিল জুড়ে দশ-বারোটা

বাটি ঘেরা থালায় ভরে।

খাদ্য-খাবার দিলেই দেখি

নিমেষে দাও সাবাড় করে !

আমার বেলা হয় না কেন?

এমন নিয়ম চলবে না আর।

বাড়ি ফিরেই বলবে মাকে-

'বৌমাষষ্ঠী' করতে এবার।

————

সৃঞ্জিলার বিয়ে

আমি মিষ্টুরানী, ব্যস্ত খুবই, আজকে মেয়ের বিয়ে-

বাড়ির দাদা বর সেজেছে, টোপর মাথায় দিয়ে।

নীল গনু-ভাই, সানাই বাজায়, শুঁড়খানি তার তুলে

ব্রাদার পুতুল, নিজের টাকে, মেহেন্দী মাখায় গুলে।

আমার সৃঞ্জিলার বিয়ে হবে, সাতনরী হার পরে

অনেক কষ্টে হার পেয়েছি, পি'মণিকে ধরে।

মেকাপ-টেকাপ লাগবে আরও, বলছি আমি নাম-
দিসাই, তুমি লিস্ট করে নাও- হোক না যতই দাম।

আইলাইনার, আইশ্যাডো আর লিপস্টিক মাক্কারা
ফেসপ্যাক ও ফেস-পাউডার- করছি না মক্করা।
আরও কিছু লাগবে আমার, বলব তোমায় পরে
দৌড়ে গিয়ে দেখে আসি, মায়ের সাজের ঘরে।

বসবে বাসর ডল্-হাউসে, জ্বলবে অনেক আলো
বিয়ের বাসর দেখবে যারা- বলবে তারা ভালো।
অদ্রি দাদা পুরুত সেজে, বিয়ের মন্ত্র পড়বে-
বাসর রাতে ঠাম্মি আমার, প্রথম গানটি ধরবে।

বড়দা-ছোটদা, বৃষ্টিদিদি, ছোটদাদা আর দাদাভাই
অতিথিদের আদর-যত্ন, ঠিক মতো সব করা চাই।
আমার বাবি দেখবে খালি, ভাববে নিজের মনে-
দেখতে দেখতে কুটুস্ যে তার, হবে বিয়ের কনে।

———————

মিষ্টুর কষ্ট

রোজ সকালে বাবি বলে,
'কুটুস কোথায় গেলি?'
আমি তখন পুতুল নিয়ে-
আপন মনে খেলি।

দুপুরবেলা খাওয়ার পরে,
খাটে থাকি শুয়ে।
ঠাম্মি পিঠে সুড়সুড়ি দেয়,
স্নেহের পরশ দিয়ে।

বিকেল হতেই দাদার সাথে,
খেলায় থাকি মেতে।
খেলার শেষে, দুধ-চকোস্
দেয় যে কেন খেতে!

মাম্মাম কেন, সন্ধ্যে হতেই
পড়তে আমায় বসায়?

ভাল্লাগে না তবুও ধরে-

অঙ্ক খানিক কষায়!

ভিডিও কলে জানতে হবে,

পড়ব কেন রোজ?

পি-মণি আর পিসাই যখন,

নেবে আমার খোঁজ।

প্রকৃত বন্ধু

ঝামেলায় পড়ো তুমি, ভাবে বসে উকিলে

মক্কেল হয়ে ছোটো- সকালে ও বিকালে।

ডাক্তার ভাবে বসে, খুলে বড় চেম্বার-

রোদে ঘুরে জল গিলে, হাঁচ তুমি বারবার।

থলথলে ভুঁড়ি নিয়ে, বসে থাকে পুলিশে

অন্যায় যত করো- তত হয়, খুশি সে।

একমনে বসে ভাবে, ব্যাঙ্কের ম্যানেজার-

ব্যাঙ্ক থেকে ঋণ নিয়ে, হও তুমি জেরবার।

তোমাকেই নিয়ে করে, বাড়িওয়ালা ভাবনা

নিজস্ব বাড়ি যেন- কোনও দিন হয় না।

রাস্তার পাশে বসে, মুচি থাকে তাকিয়ে-

চটি ছিঁড়ে একপায়ে, চলো তুমি লাফিয়ে।

লাঠি আর চক্ হাতে, ভাবে বসে মাস্টার-

টিউশন নিয়ে তুমি, ফেল করো বারবার।

দিনরাত ভাবে চোর- তুমি টাকাকড়ি কামিয়ে

অঘোরে মনের সুখে- নাক ডাকো ঘুমিয়ে।

––––––––––

পরেশদা

ও পরেশদা, দুটো লিকার-

দাও না তাড়াতাড়ি।

চা-টা খেয়ে উঠতে হবে,
ফিরতে হবে বাড়ি।

পরেশদার চায়ের দোকান
স্টেডিয়ামের গেটে।
মনখানা তাঁর বিরাট বড়,
মানুষখানা বেঁটে।

খরিদ্দারের খচরামিতেও
থাকেন ধৈর্য ধরে।
কেবল, রাগ দেখে কে, শুধাই যদি-
'কলা কত করে?'

ভাবছ এসব মিছে কথা,
বলছি অকাতরে।
ঠিক না বেঠিক, দেখবে এসো-
খয়রামারির মোড়ে।

———

ঋতু পরিবর্তন

গ্রীষ্মকালে চাই যে পাখা
বর্ষাকালে ছাতা।
শরতে চাই নতুন জামা
হেমন্তে চাই কাঁথা।
শীতে যে চাই লেপ-কম্বল
বসন্তে চাই রং।
নতুন বছর আসছে বুঝি
ঘুরলে পাড়ায় সঙ্।

টিচার

স্ক্রীন টাচের নতুন ফোনে,
হাজার রকম ফিচার
শেখাতে গিয়ে বাবা-মাকে,
তুমি ধৈর্যহারা টিচার।

দেখো ভেবে যেদিন প্রথম—

তুমি শিখছিলে অ-আ

বিরক্তিতে হাল ছাড়ত যদি,

সেদিন তোমার বাবা-মা !

———

অ-রূপকথা

সন্ধ্যা হতেই শহর জুড়ে জ্বলছে হাজার আলো

আলোর বানে যায় যে ভেসে রাতের আঁধার কালো।

চোখ ধাঁধানো আলোর সাজে রাতের শহর জাগে

নীল কোমল, আর জাগে না লাল কোমলের আগে।

মাঝ রাতেও যাচ্ছে শোনা মোটর গাড়ির আওয়াজ

তাই নিঝুম রাতে আর আসে না রাজার পঙ্খীরাজ।

বুদ্ধু ভুতুম পালিয়ে গেছে কবেই শহর ছেড়ে

মামদো ভুত আর শাঁকচুন্নি সবাই গেছে হেরে।

রাতের আকাশ কাঁপিয়ে বিমান করছে ওঠানামা

ভয়ের চোটে আর আসে না ব্যাঙ্গোমী ব্যাঙ্গোমা।

ফুলের মতো খোকা-খুকুর বিনিদ্র রাত কাটে

ঠাকুমার তাঁর ঝুলি নিয়ে থাকেন অন্য ফ্লাটে।

———

ত্রাণ

বাঁধ ভাঙে ভাসাতে

কেঁদে মরে চাষাতে।

চারিদিকে জলময়

লাগে মনে বড় ভয়।

চালাঘরে মাচাতে

তুলি সব বাঁচাতে।

খোকা বলে, ‘ওরে বাপ

মোর গায়ে দেখো সাপ।‘

উঠি আমি চেঁচিয়ে

দেখি ঢোঁড়া পেঁচিয়ে।

ছেলে করি উদ্ধার

জলে নেই নিস্তার।

চাল-চুলো গেল ভেসে

তিন দিন চালে বসে।

বসে আছি অনাহারে

জল ছাড়া দেখি না রে।

ওড়ে হেলিকপ্টার

বড় বেশি ডাক তার।

আসে যায় বারবার

প্রাণ এলো এইবার।

ছাতু আর জলেতে

অনশন ভাঙাতে।

দিয়ে গেল আশ্বাস—

'রেখো মনে বিশ্বাস।

দেবো সব সাজিয়ে

আখেরটি গুছিয়ে।'

———

টাকার খেলা

রোজ সকালে পূব আকাশে
সুয্যি যেমন ওঠে।
ছড়ালে টাকা সকল সুযোগ
আপনি এসে জোটে।

বিদ্যে-বুদ্ধি চায় না বিশেষ
চায় যে কেবল টাকা।
টাকার অঙ্ক কমাতে হলে-
পায়েতে তেল মাখা।

চাকরি দেখো আসবে হেঁটে
চিনে তোমার বাড়ি।
তুমিও পরে তুলবে টাকা
কিনবে নতুন গাড়ি।

এমনি করেই টাকার খেলা
চলছে জগৎ জুড়ে।

যোগ্য লোকের মন্দ কপাল

মরছে কেবল ঘুরে।

―――

অফি-স্যার?

হয় তিনি ভিজিল্যান্স

নয় বড় আমলা।

হানা দেবে এইবার-

ঠেলা তুই সামলা!

হয় তিনি সার্জেন

নয় বড় ডাক্তার।

রোগী দ্যাখে সারাদিন

যাস্ তার চেম্বার।

হয় তিনি কাস্টম্

নয় বড় থানেদার।

তোলা তোলে রাস্তায়

রাখ্ তার আবদার।

হয় তিনি আইবি

নয়তো বা সিবিআই।

কোটিপতি না হলে

তোর কোনও ভয় নাই।

আইএএস, আইপিএস

ভেকধারী অফিসার।

ধরা পড়ে হাতে-নাতে

শোনা যায় আখছার!

কাজ নেই, বলে কেন

চাকরির বাজারে?

পথে-ঘাটে অফিস্যার

দেখা মেলে হাজারে!

লোক ঠকাতে এরাই যখন

যেমন খুশি সাজে।

বামাল ধরা পড়লে কেন-
মুখটি ঢাকে লাজে?

———

রাত-পথ

রাস্তা জুড়ে ট্রাকের সারি
বাড়ছে যতই রাত।
উপরি কিছু পাওয়ার লোভে
বাড়িয়ে দিচ্ছে হাত।

মধ্য-রাতে যান জট হয়
ফাঁকা মাঠের মাঝে।
ট্রাকের চাকা গড়ায় যদি-
বিবেক মরে লাজে।

———

তেলের দাম

পেট্রোল ডেকে বলে, 'ওরে ভাই কেরসিন,

ডিজেলের দাম শুনে, ভয়ে-ভয়ে গুনি দিন।

পয়সায় ছাড়াবে সে, কোনো দিন ভেবেছি?

নিশ্বাস ছাড়ে ঘাড়ে, এই বুঝি হেরেছি !'

———

লজ্জা

বড়দের খেলা হবে

ভোট ময়দানে

হাঁড়ি-হাঁড়ি বল নামে

খোলা আসমানে।

ঝাউ বনে এক হাঁড়ি

বল কে বা জানত

বলে ফেটে চলে গেল

দুটি তাজা প্রাণ তো!

———

শিশুশ্রম বিরোধী দিবস

ছোট্ট-ছোট্ট হাতগুলি সব ক্লান্ত কাজের চাপে

মনের কথা বলতে তাদের ভয়ে যে বুক কাঁপে।

বাসন মাজা টেবিল মোছা কয়লা ভেঙে আঁচ

হোটেল গ্যারেজ চা-দোকানে হরেকরকম কাজ।

কালশিটেতে হাত ভরেছে চোখের কোণে জল

লেখাপড়ার হয় না সুযোগ জীবন জাতাকল।

শিশুশ্রমের হাতকড়াতে আটকে যারা আছে

বই খাতা আর স্কুলের দরজা বন্ধ তাদের কাছে।

মাথার চুলে তেল জোটে না, নেই যে পেটে ভাত

কিল-চড় আর গালির সঙ্গে কপালে জোটে লাথ।

সকাল-সন্ধ্যা কাজের চাপে শিশুর শরীর অবশ

বিশ্ব জুড়ে হচ্ছে পালন- শিশুশ্রম বিরোধী দিবস।

———

পূর্ণ স্বাধীনতা

দাসত্ব মোচন হয়নি আজও,

যতই ভাবি স্বাধীন !

অদৃশ্য কিছু শক্তির কাছে

আমরা যে পরাধীন।

খিদের জ্বালা নেয়নি বিদায়,

এখনও এদেশ ছাড়ি।

ফুটপাত আর প্লাটফর্ম জুড়ে

কত মানুষের বাড়ি!

দারিদ্র্য সীমার তলানিতে ঠাঁই

প্রায় পনেরো কোটি!

কপালে তাদের জোটে না সবার ,

'কাপড়-মকান-রোটি'।

শিক্ষার নামে গণ-টোকাটুকি

কেনাবেচা চলে ডিগ্রি!

অশিক্ষা মুক্ত হয়নি সমাজ-

পয়সাতে মাথা বিক্রি।

বেকার যুবক হয়নি আজাদ,

স্বপ্ন দেখে না আর।

চাকরির নামে চলে প্রহসন,

হাতে-পায়ে ধরে কার?

ঋণ করে এনে পণের টাকা-

কনের বিয়ের চুক্তি।

নীল চাষে যেন নিয়েছে দাদন,

হয় না পিতার মুক্তি।

ধর্মের নামে গন্ডি কেটে যে,

বন্দী হয়েছি নিজে।

ভুলতে বসেছি 'মান-হুঁশ' ছিল

মানব জাতির বীজে।

আজ পচাত্তরেও নাবালক কেন,

সাবালক হব কবে?

যেদিন দাসত্বহীন প্রকৃত স্বাধীন

আমার এ দেশ হবে।

––––––––

মহান ভারত

শক্তিশালী দেশ গড়তে, চায় যে কিছু আইন

নিয়ম–কানুন, বিধান–বিধি আরও অনেক উপআইন।

এসব নিয়েই উঠল গড়ে, ভারতীয় সংবিধান

মহৎ লক্ষ্য সামনে রেখে, বাড়িয়ে দেশের মান।

সার্বভৌম সমাজতান্ত্রিক ধর্মনিরপেক্ষ গণতান্ত্রিক

সাধারণতন্ত্র ভারত– যেন মর্যাদাতেও এমন পঞ্চমাত্রিক।

যেমন মুষ্টিবদ্ধ করতে গেলে, পাঁচটি আঙুল চাই

তেমন একতাবদ্ধ দেশ গড়তে, এমন কোথায় পাই?

––––––––

সাদা কালো

কালো পড়ে মাটিতে

সাদা ঠাসে হাঁটুতে।

কালো করে ছটফট্

সাদা দেখে কটমট্।

দেশ জুড়ে মহারোস

সাদা বাড়ি বলে– রোস,

সিধে হোবি মুগুরে,

ছিঁড়ে খাবে কুকুরে।

কালো মেঘে বড় ভয়

গর্তে সে ঢুকে রয়।

দেশে দেশে ধিক্কার

করে সবে চিৎকার।

হিংসা বা দ্বেষ নয়

মানুষের পরিচয়।

সব সাদা নয় ভালো

ভালো নয় সব কালো।

সাদা দাঁতে কালো পোকা

কালো চুলে বুড়ো খোকা।

রঙে কী বা আসে যায়

মনটাই খাঁটি চায়।

———

চিনা ভাইরাস

ভুটানের ডোকলাম—

চিন বলে, 'ঢুকলাম।'

গালওয়ানে গালাগালি

হাতাহাতি, লাথালাথি।

উহানের হানাদার—

করে সব ছারখার।

ছড়ালো সে করোনা

টিকটক কোরো না।

বিষয়টা চিন্তার—

কারণটা চিন তার।

ধর চেপে চিনকে

লাগবে না চিমটে।

ফের বেশি লাফালে–

হানা দেবে রাফেলে।

—————

চাইনা প্রোডাক্ট

পাশের পাড়ার– প্রবীর মাল

চিনের ওপর খেপে লাল।

চিনা দ্রব্য ছাড়তে শেষে–

ছাড়লো বউকে অবশেষে।

ডিভোর্স দিলো, বৌকে কাল

বৌয়ের নাম যে– 'চায়না মাল'!

—————

মাস্ক

ভয় নেই করোনায়, মুখে মাস্ক লাগানো

কিনেছে অনেক ভেবে, দর্জির বানানো।

নাক মুখ ঢেকে নিলে, হয় দম বন্ধ

কাচা-ধোয়া হয় না, তাই এত গন্ধ।

মাস্ক ছাড়া ঘোরে কেউ, দেখে লাগে শঙ্কা

কারো কানে মাস্ক ঝোলে যেন লেবু-লঙ্কা।

কারো হাতে দোলে মাস্ক, কারো ঝোলে চিবুকে

নাক ঝেড়ে মোছে হাত, দেখি কোনো বাবুকে।

বাবা-মা, ছেলে-মেয়ে- নিয়ে বড় পরিবার

মাস্ক আছে একখানা, বেশি কেন দরকার?

যেই যাক বাইরে- বাজারে বা দোকানে

একটাই পরিবার, মাস্ক দেখে চিনে নে।

ধোঁয়া আর আগুনে- ভূত ভাগে জান না?

মাস্ক তুলে বিড়ি খেলে ভেগে যাবে করোনা।

———

সচেতন

কিছু লোক দেখি রোজ, মাস্ক আর পরে না
ভাব দেখে মনে হয়- তার কিছু হবে না।
দেখি কিছু মহাবীর, ঠেকে বসে আড্ডায়
ভাবে তারা সেফ্ জোনে, বাকি সব গাড্ডায়।

বেপরোয়া উনষাটে, দেখো দিগ্-জয়ী বৃদ্ধ
না ডরায় করোনায় হয় হোক যুদ্ধ।
বাইসেফ-ট্রাইসেফ, দেখে বুঝি জিমে যায়
মাস্ক ছাড়া যুবাদের, ইমিউনিটি বোঝা দায়।

কেউ ভাবে মাস্ক পরে, ঘোরে বুঝি গরুতে
আড় চোখে দেখে আর মুখ টেপে হাসিতে।
গোল দাগ ফিকে আজ, বাজারে ও দোকানে
ঠেলেঠুলে থলে ভরে- যত খুশি কিনে নে।

সামাজিক ব্যবধান জেঁকে বসে সমাজে
শারীরিক ব্যবধান ঢোকে না যে মগজে।

ষাট ভাগ সুরা দেখে, কেনে হাত-শুদ্ধি

শ' ভাগ সুরা খায়- বাপরে কি বুদ্ধি!

———

লজ্জাস্ত

বছর দু'-এক ধরে সবাই

মুখ ঢেকেছে মাস্কে।

ভবিষ্যতে ঘটবে কী তা

বলছি তোমায় আজকে।

শিশু যখন কিশোর হবে

বছর দশেক পরে।

নাক-মুখটি লজ্জা অস্ত

ভাববে হলফ করে।

———

চোর

জংধরা সাইকেল, সকালেতে নাই

কে সেই মক্কেল, নিয়ে গেল হায়।

রাগে জ্বলে অঙ্গ, বুক বড় শূন্য—

দেখে সবে রঙ্গ, যেন সাধ পূর্ণ।

এত বড় চুরি গেল— করোনার বাজারে

পারলে ধরতে চোর, দেব বড় সাজারে।

দেখো দেখি নিয়ে গেছে, নতুন আনা বিস্কুট

দাওয়াতে পড়ে আছে— ঢিলে চাপা চিরকুট!

চুরি শেষে চিঠি দেয়, এ যে বড় দস্যু

এত কিছু ঘটে যাবে ভাবিনি তো পরন্তু।

তুলে দেখি চিঠিখানি কাঁচা হাতে লিখা—

'মাফ করনা ভাইয়া, বিনা-বোলকে লিয়া।

বেটা মেরা লংড়ে, চল নেহি সেকতে,

জানা হোগা দূর গাঁও— ভুখা এক হপ্তে।

মেহনত, ইজ্জত, ইমানদার, সাচ্চাই—

ইয়ে থা জিন্দেগি, আজ খোয়া সব কুছ।'

ঠিকানাটা লেখা আছে, নামটিও বোঝা যায়

পরিযায়ী শ্রমজীবী— পাড়ি দেয় অজানায়।

মঙ্গলে পাড়ি দেয়, কত মোর দম্ভ

এইখানে আছে জানো, কত বড় স্তম্ভ?

কাজ নেই গরীবের, হবে কবে আক্কেল

বুকখানা ভেঙে যায়– যাক চুরি সাইকেল।

ভাগ্যের চরকা

চার দিন কেটে গেল, নেই কেন বিদ্যুৎ ?

আলো-জল, নেট নেই- এ যে বড় অদ্ভুত!

রাস্তায় গাছ পড়ে চলাচল বন্ধ

কেবিলের তার ছিঁড়ে টিভিটাও অন্ধ।

এই ভাবে কত কাল ঘরে বসে থাকা যায়

'লাইফটা হেল' হল- আমফান ও করোনায়।

চাল কেন কম দেয়, রেশনের দোকানি

এইসব ভেবে-ভেবে, আসলটা ভাবনি।

এই গুলো সাময়িক- একদিন কাটবে

ভেবে দেখো, কী করে জীবিকায় ফিরবে।

ছেলে-পুলে, বাবা-মা নিয়ে বড় পরিবার

বাঁচবে কেমন করে, নেই কোনও রোজগার।

ভেবো নাকো সুখে আছ, তুমি বুঝি চাকুরে-

ব্যবসায়ী, কোটিপতি, সিনেমার নাটুকে।

বসে খেলে একদিন- সব টাকা ফুরাবে

সেলিব্রেটি হয়ে শেষে, রাস্তায় দাঁড়াবে।

মাস গেলে টাকা পাওয়া অভ্যাস করেছ

কাজে ফাঁকি দিয়ে শেষে কাজটাকে ভুলেছ।

মনে ভাবো তুমি ছাড়া- গতি নেই জগতের

দেখো আজ ভেদ বাড়ে চাহিদা ও জোগানের।

কোটি-কোটি দেশবাসী ডুবে আছে বেকারে

দোকানির ভিড় বাড়ে, সবজির বাজারে।

কেউ বেচে ঘটি-বাটি, ধার চায় গোপনে

থরে-থরে মাস্ক ঝোলে, কাপড়ের দোকানে।

সবজি কি মাস্ক, নাকি হ্যান্ড স্যানিটাইজার,

এই সব ছাড়া জেনো– আরও কিছু দরকার।

ভাব কেন, নিয়ে বসো কাগজ আর পেনসিল

পথ খোঁজা বাঁচবার– নয় বেশি মুশকিল।

প্রথমেই লিখে রাখো, টাকা কত ব্যাঙ্কে,

গরিব না বড়লোক, পড়ো কোন র‍্যাঙ্ক-এ।

এইবারে লিস্ট করো, কিসে তুমি দক্ষ–

কায়িক না বৌদ্ধিক, স্থির করো লক্ষ্য।

শিক্ষাটা জুড়ে নিতে একদম ভূল না

থাকলে অভিজ্ঞতা, নেই কোনও তুলনা।

ঠিক কাজ খুঁজে পাবে, মন দিয়ে ভাবলে

কোনও কাজ ছোট নয়, পসারটা বাড়লে।

এইবার শুরু করো পুঁজি নিয়ে অল্প

কাজটাই বেশি করো, কম করো গল্প।

শুয়ে-শুয়ে গোনো কেন, শুধু কড়ি-বর্গা

কাজে নামো ঘোরাতে– ভাগ্যের চরকা।।

বুদ্ধি

পানশালা খোলা আছে

পাঠশালা বন্ধ

শিক্ষার মুখে বুঝি,

করোনার গন্ধ।

ষাট ভাগ সুরা দিয়ে

হয় হাত শুদ্ধি

পানশালা খোলা তাই,

বাপরে কী বুদ্ধি!

———

কেমন জব্দ

লাঙল টানার কাজ করেছি

জোয়াল কাঁধে নিয়ে।

সকাল-সন্ধে দুধ দিয়েছি

বাছুরকে না দিয়ে।

খেতে কিছুই দাওনি তেমন

খড়-বিচালি ছাড়া।

চলতে ফিরতে যখন তখন

পাঁচন দিয়ে মারা !

মোট বয়েছি মুখটি বুজে

বর্ষা-জলে ভিজে।

শীতের রাতে বস্তা গায়ে

সব সয়েছি নিজে।

গোয়াল থেকে বাইরে গেলেই

পরিয়ে দিতে ঠুঁসি।

গ্রীষ্মকালে ডোবার পানি

কেমন করে খুষি?

হাম্বা ছাড়া 'রা' কাড়িনি

যতই কাঁপি রাগে।

ঠুঁসির মতো মাস্ক পরেছ

এখন কেমন লাগে?

———

অভাগিনী

বাজছে শঙ্খ, উলুর ধ্বনি

শ্রীমুখে শুনে শপথের বাণী।

অস্ফুটে বলে, হাতদু'টো ধরে –

সুখ-দুখ নেব, ভাগাভাগি করে।

ঝলমলে সাজে, মানুষের ঢেউ

অতিথির দলে বাদ নেই কেউ

ভাঁড়ারের ঘরে খাবারের রাশি

সকলের মুখে অমায়িক হাসি

ভেঙে শাঁখা – আজ অঝোরেই কাঁদি

দেখি, মানবতাকেই গিলেছে যে আঁধি

রোগী-বাহী গাড়ি, দরজাটা ছুঁয়ে–

চিরঘুমে স্বামী অসহায় শুয়ে।

কত অতিথি-বন্ধু, ছিল যত সুখ

আজ মাস্কে সকলে লুকিয়েছে মুখ।

চোখ মেলে দেখো, আমি অভাগিনী

করোনার ভয়ে – শপথ ভুলি নি।

———

জাতিস্মর

বাবার সাথে ছোট্ট খোকা

যাচ্ছে চেপে মোটরগাড়ি।

বললে হঠাৎ, 'গাড়ি থামাও‘

সামনে দেখে বিরাট বাড়ি।

দরজা খুলে নেমেই খোকা

কেমন ঘোরে যায় যে হেঁটে।

এগিয়ে গেল সজল চোখে

পাঁচিল ঘেরা বাড়ির গেটে।

দৌড়ে গিয়ে হাতটা ধরে–

বলেন বাবা, ‘হল কি তোর?‘

অবাক চোখে তাকিয়ে খোকা

দু’চোখ বেয়ে ঝরে অঝোর!

বলল খোকা, ‘এই বাড়িটা

যেন লাগছে কেমন চেনা!

রোজ সকালে, এই বাড়িতে

আমার হতো আনাগোনা।

আরও কত পড়েছে মনে,

বিশাল দালানকোঠা ঘরে।

কত লোকে বলত কথা–

এক একরকম স্বরে।

বিশাল বিশাল থামের মাঝে

লুকোচুরি খেলা।

সবাই মিলে যেতাম ফিরে

সেই বিকেলবেলা।'

সকল শুনে, বলেন বাবা–

'ওরে, এসব মনের ভুল !

পূর্বজন্ম নয়রে ব্যাটা–

এটাই যে তোর স্কুল।'

———

সবুজ উপহার

বাড়ি ঘর নদী বাঁধ, ঝড়ে যায় গুড়িয়ে

উমপুনে ভাঙ্গে গাছ, ডালপালা মুড়িয়ে।

ত্রান নিয়ে দলাদলি, করে দেখো অবুজে

ভাবে না তো একবার, টান ফিরে সবুজে।

রাজপথে প্রতিবাদ– কেন বিদ্যুৎ আসেনি

বাসা ভাঙে পাখিদের, কেউ খোঁজ রাখেনি।
পৃথিবীকে চুষে খায়– সভ্যতা মানুষের
গাছ কেটে ক্রমে বাড়ে অগণিত শহরের।
টাকাকড়ি বাড়ি-গাড়ি চাও শুধু বাড়াতে–
খেয়ে দেয়ে বাড়ে ভূঁড়ি, পারোনা যে নাড়াতে।
এটা খাও, সেটা খাও– কত করো বায়না
রাক্ষস হয় গেছো, ধরে দেখো আয়না।
ভুরিভোজ করো রোজ, রকমারি বাহারে
ধোঁকা দিয়ে ঘুষ খাও, ফল খাও আহারে।
আম, জাম, কাঁঠাল আর লিচু খাও পাকিয়ে
বীজগুলো রেখো ধুয়ে কাগজেতে শুকিয়ে।
দূরে গেলে ট্রেনে-বাসে, সাথে নিতে ভুলো না
পথ পাশে দিও ছুঁড়ে– জমি কার ভেবোনা।
খাস জমি সমাজের, মনে রেখো ভরসা
বীজ থেকে হবে গাছ– সামনেই বরষা।
সব গাছ না হলেও কিছু যদি টিকে রয়
পশু পাখি পোকাদের হবে বড় আশ্রয়।
শুষে নেবে বিষ বায়ু, ধরে নেবে মাটি
ফুল ফল কাঠ দেবে, ছায়া দেবে খাঁটি।
গাছের এই উপকার বলে শেষ হবে না

পাকা ফল দিলে গাছ খিদে বেশি রবে না।
ফল খায় পশু-পাখি, নয় শুধু মানুষে
ফিরে যেও ওই পথে—দু'হাজার একুশে।
চারাগাছ বেড়ে ওঠে, ক্ষত সারে পৃথিবীর
নব সাজ হয়ে ওঠে— রূপবতী প্রকৃতির।
মহীরুহ হলে চারা, ভেবো মনে একবার—
মৃত্যুর আগে দিলে— ভূ-জননীকে উপহার।

গুরুপূর্ণিমা

আষাঢ়ী প্রথমা পূর্ণমাতে, গুরুপূর্ণিমা তিথি
ভক্তবৃন্দ করেন পূজা, গুরুদেবের প্রতি।
আঁধার কালো চলার পথে, আলো দেখান যিনি
তিনিই হলেন জগৎগুরু, ক'জন তাঁকে চিনি।

জীবনব্যাপী চলার পথে, তিনটি গুরু মেলে
প্রথম গুরু পিতামাতা, ধন্য তাঁদের পেলে।

আসেন এবার শিক্ষাগুরু, শেখান জীবন যুদ্ধ

দীক্ষাগুরু করলে কৃপা, জীবন যে হয় শুদ্ধ।

যোগী শ্রেষ্ঠ দেবাদিদেবে, আদি গুরু মানি

বেদোক্ত সব গুহ্য জ্ঞান, তাঁরাই অমর বানী।

গুরু ব্রহ্মা গুরু বিষ্ণু, গুরুই মহেশ্বর

যিনি গুরু তিনি ইষ্ট, তিনিই অধীশ্বর।

––––––––––

জীবন রথ

জগৎজোড়া জীবন-পথে

পথ চলেছি একা,

সাথে আছেন জগন্নাথ

হোক না সে-পথ বাঁকা।

সোজা রথে এসেছিলাম

হয়ে আঁতুড়ঘর,

চলার পথে হাজার মানুষ

কিন্তু সবাই পর।

জমজমাটি মেলায় মিশে

আমরা আছি মেতে,

হরেক পশরা দুঃখ-সুখের

দেখছি পথে যেতে।

সোজা রথে চলেছি পথ

সংসারের ওই টানে,

অমোঘ-টানে রথ ঘোরালে

কখন তোমার পানে!

ভাঙবে এবার রথেরমেলা

আমি ফিরব বাড়ির পথে,

অন্তর্জলি-যাত্রী হয়ে

চড়ব উল্টোরথে।

———

আমি

আমার ছেলে আমার বর

আমার জমি আমার ঘর।

আমার জামা আমার শাড়ি

আমার জুতো আমার গাড়ি।

'আমার' 'আমার', করছে সবাই

আমার 'আমি' আছে কোথায়?

নামটি বলে, দেখিয়ে দেহ–

'এটাই আমি' ভাবছে কেহ।

'আমি'–ই যদি শরীর তবে–

'আমার শরীর' কেন হবে?

আমার হাত আমার পা

আমার মাথা আমার গা।

আমার বুদ্ধি আমার মন

সবাই দেখি বলছে এমন !

একলা বসে ঘরের কোণে

ভাবছি এসব নিজের মনে।

জাগ্রত, সুষুপ্ত কিবা স্বপনে

আমি সদাই থাকি গোপনে।

আসল 'আমি' সাক্ষী স্বরূপ

মনের পারে– 'চৈতন্যরূপ'।

পাওনা

কী পাইনি– আমি হিসেব কষিনে আর

স্নেহ–ভালবাসা, মান–সম্মান কিম্বা অধিকার।

পেয়েছি যা– রেখেছি লুকিয়ে হৃদয়ের সিন্দুকে

দুঃখ–বেদনা, কষ্ট–ছলনা– বলে কেন নিন্দুকে !

প্রার্থনা

দুঃখ দিও ঠাকুর আমায়

সুখী হতে আর চাই না।

সুখ-সাগরে ভাসালে আমায়

তোমায় খুঁজে যে পাই না।

সুখের মায়ায় জড়ালে আমায়

তোমায় ভুলে যে থাকি।

দুঃখের ফাঁদে ফাঁসালে আমায়

তোমাকে সদাই ডাকি।

———

শ্রেষ্ঠ ভক্ত

চার ধরনের ভক্ত দেখি করেন প্রভুর নাম

সবাই তাঁরা ভিন্ন ধারা, ভিন্ন মনস্কাম।

প্রথম দলটি দুঃখে কাঁদে, ভারি মনস্তাপ

দ্বিতীয় দলের ঐহিক সুখ, বাড়ায় যে সন্তাপ।

তৃতীয় দলের ভাবনা পৃথক, কৌতূহলী তাঁরা

ঠাকুর কোথায় খোঁজেন সদাই, হয়ে আত্মহারা।

চতুর্থ দল উচ্চ অতি, হৃদয় শুদ্ধাভক্তিময়

ঠাকুর-মায়ের চরণ ছাড়া আর কিছু না চায়।

প্রথম দু'দল দলে ভারি, নিম্ন থাকের ঘর

শেষের দু'দল ছোট হলেও করি তাঁদের গড়।

কুলো না চালুনি

সংসারী মানুষের

দু'রকম বাঁধুনি।

এক দল কুলো আর

এক দল চালুনি।

মায়া-তুষ ঝেড়ে কুলো

ধরে রাখে ঈশ্বর।

চালুনি যে মায়া-তুষ

ভাবে অবিনশ্বর!

ধান-চাল ধরে কুলো

তুষ ধরে চালুনি।

চালুনি না কুলো হবে
ভেবে নাও আপনি।

––––––

জীবনদর্শন

যেদিন তুমি এসেছিলে
এই ধরনীর কোলে।
তুমিই কেবল কাঁদছিলে
আর হাসছিল সকলে।

এমন কিছু কাজ করে যাও
সবাই মনে রাখবে।
বিদায় বেলায় কাঁদবে সবাই
তুমিই কেবল হাসবে।

––––––

আভরণ হরণ

শাঁখা-সিঁদুর-অলঙ্কার আর বেনারসি পরে—
আলতারাঙা পায়ে তুমি, এসেছিলে ঘরে।
সাজালে এই সংসারটাকে, নানা অলঙ্কারে
ছেলে-মেয়ে, সুখ-শান্তি, নানা অহংকারে।

যেদিন আমি যাব চলে, চড়ে বাঁশের দোলায়—
শাঁখা-ভেঙে মাতবে তুমি, কেমন সিঁদুর খেলায়!
আভরণ ছাড়া তোমায়, বলো কোন মুখে দেখি
খে ছুড়ে 'হরি' বোলো— এই শবদেহ ঢাকি।

শেষ ইচ্ছে

যেদিন আমি শরীর ছেড়ে, দেব পাড়ি অচীনপুরে
বন্ধু তুমি সময় পেলে, একটুখানি যেও ঘুরে।

দেখবে এসে মাথার পাশে, চিরকুটে সব লেখা আছে
খোলা-ঘরের জিনিসপত্র, বিলিয়ে দেবে কাদের কাছে।
জাগিয়ে দিও, স্বপ্নগুলো– খাটের নিচে আছে সুখে
রান্নাঘর ও বিছানার পথে, পথ হারানো নারীর বুকে।
দেরাজে রাখা মান-সম্মান, বিলিয়ে দিও বেশ্যাটিকে
শরীর বেচে খাবার জোগায়, একরত্তি শিশুর মুখে।
টেবিলে রাখা রঙগুলো সব, ছড়িয়ে দিও সাদা থানে
সীমান্তে শহীদ সেনার-প্রিয়া, খুঁজে পাবে বাঁচার মানে।
আক্রোশ-ভরা বড় দুঁটলিটা পাবে, ঝুল ঝাড়ুনির কাছে
যুবক-রক্তে মিশিয়ে দিও, বিপ্লব এলে লাগবে কাজে।
সিন্দুকে রাখা স্নেহ-ভালবাসা, পৌঁছে দিও এতিমখানায়
প্রতি রাতে ঘুমের আগে, চোখের জলে সব ভেসে যায়।
বাক্সে রেখেছি শান্তি কিছু, পৌঁছে দিও বৃদ্ধাবাসে
ছেলে তাদের হারিয়ে গেছে, বহু দূরের টাকার দেশে।
শুভেচ্ছা ভরা ফুলদানিটা, দেবে কি তুলে ওই কৃতির হাতে?
মেধা তালিকায় ঠাঁই পেয়েছে, পড়ার ফাঁকে ঠোঙা বেঁধে।
ঠাকুর ঘরে কুলুঙ্গিতে, কৃতজ্ঞতার কৌটো আছে তোলা
ঝাড়ুদারকে দিয়ে বলো, 'তার অবদান যায়নি ভোলা।'
ছোট্ট শিশিতে রাখা চোখের জল, ঢেলে দিও কোনও কবির মনে
প্রতিটি ফোঁটায় কবিতা হবে, বেদনার জঠর থেকে নিয়ম মেনে।

তাকে তুলে রাখা যত পাগলামি, ভরাবে তা দিয়ে বাউলের ঝুলি

ঘর ছেড়ে দিয়ে ফেরে পথে পথে, একতারে তোলে হৃদয়ের বুলি।

বাকি যত মিথ্যে-লোভ, হিংসা-ঘৃণা, স্বার্থ-ক্রোধ পাবে এখানে দেখতে।

দ্বিধাহীন ভাবে তুলে দিও সব, চিতার আগুনে– আমার সাথে পুড়তে।

কবিতার স্কুল

নতুন বিল্ডিং-এর দোতলায়–লাল বিল্ডিং-এর পাশে

ক্লাস টেনের এ-সেকশন, আমরা সবাই ক্লাসে।

ভূগোল ক্লাস নেবেন সেদিন, বিশ্বেশ্বর বাবু স্যার

জুলফিতে টান, খাওয়ার ভয়ে– এড়িয়ে চলি তাঁর।

বাচ্চু তখন টাটকা হিরো, দশের মধ্যে বিশ

কুমার শানু-র উঠতি যুগে 'কুমার শুভাশীষ'।

সেকেন্ড বেঞ্চের ধারে বসে, পড়ছিল আনমনে-

স্যারের নজর পড়লো যে তার, নীল গেঞ্জির পানে।

দিচ্ছে উঁকি সরু-ফিতে, সাদা জামার ফাঁকে

বললেন স্যার, 'বলতো শুনি–চিনুক বলে কাকে?'

বাকরুদ্ধ হয়ে গেলে মানুষের যা হয়–

ঠোঁট দুটি কাঁপতে থাকে, শব্দ নাহি রয়।

'দুপুর রোদে নাচিস তো বেশ, হাফ প্যান্টু পরে–

বল দেখি তুই, এন.সি.সি.-তে 'জি.ও.' বলে কারে?'

আমরা কি আর জানি এসব, বাচ্চু বোধ হয় জানে

চুলকে মাথা বাচ্চু দেখি–চেয়ে ঘরের কোণে।

'এও জানিস না? 'জিও'-তে হয় 'গবেট,' তুই হলি তা–

এইখানে আর বসবি না তুই, লাস্ট বেঞ্চে যা।

ধুলো ঝেড়ে লাস্ট বেঞ্চে বাচ্চু কুমার আসে

স্যার পড়াতে মন দিয়েছেন, ব্ল্যাক বোর্ডের পাশে।

খানিক বাদে বলল হঠাৎ, নেই যে কোনো ভয়-

'স্যার, 'গুড' তো হতে পারে 'গবেট'তো নয়'।

যেই না বলা– স্যারের হাতে দেখি মস্ত লাঠি

হবেই বুঝি ভূমিকম্প, এই করেছে মাটি!

হনহনিয়ে গেলেন ধেয়ে– যেথায় বসে বাচ্চু

কুঁচকে ভুরু স্যর বলেন, "আমায় কবিতা শেখাচ্ছু?

বেশ, কিন্তু যদি 'গোট' হয়? করবে তুমি কি?

ছাগল-ধরার হাতে পড়লে–দেখতে হবে নি!"

এমন আরও কয়েক লাইন, বোর্ডে লেখেন তিনি

অবাক হয়ে স্যরকে সেদিন- অন্য ভাবে চিনি।

স্মৃতির পাতায় সেই দিনটি, আজও মনে আছে

চলার পথে এমন কিছু- অমর হয়ে বাঁচে।

আমার স্যর

আমরা তখন নবম শ্রেণির তরুণ ছাত্রদল

পড়াশুনার সাথে আড়ি দুষ্টুমি সম্বল।

অঙ্ক ক্লাসে কাটাকুটি, খেলতে দারুণ মজা

কারোর টিফিন পাল্টে দিয়ে, ভালো মানুষ সাজা।

থামতো সে সব এক নিমেষেই, ভয়ে সবাই কাবু

গুরুগম্ভীর দৃপ্ত পদে- আসলে বরুণ বাবু।

ভূগোল ক্লাস ছিল যে তাঁর, ছিল না কোনও ফাঁকি

মন্ত্রমুগ্ধ আমরা সবাই, অবাক হয়ে থাকি।

নদী, পাহাড়, বায়ুমন্ডল, গ্রাম ও শহর কত;

দেশ, মহাদেশ, শিলামন্ডল, সাগর শত শত।

এসব তিনি শিখিয়ে ছিলেন, আজও মনে পড়ে

কালের ধারায় দিন চলে যায়, স্মৃতির অন্তরালে।

তিনিই আমার শিক্ষাগুরু, ভোরের প্রথম আলো

তাঁর কাছে যে ভূগোল শিখে, লেগেছিল ভালো।

ভূগোল নিয়ে পড়তে গেলাম স্নাতক-স্নাতকোত্তরে

চাকরি পেলাম ম্যাপ অফিসে, বছর কয়েক পরে।

ভেবেছিলাম মিষ্টি নিয়ে, যাব স্যারের বাড়ি

বলব তাঁকে প্রাণের কথা, সকল দ্বিধা ছাড়ি।

'আপনি আমার দিগ্-দিশারি, আপনি আমার গুরু

আপনার ক্লাসে ভূগোল শিখে, এপথ চলার শুরু।'

ভেবেছিলাম যাব একদিন, প্রিয় বন্ধুর সাথে

রাসভারী ওই স্যারের সামনে, সাহস পাব তাতে।

বন্ধু বাপন বলল আমায়, 'জানিস নে তুই কিছু!

স্যার আমাদের গেছেন ছেড়ে, ফেলে বাঁধন পিছু।‘

কেন তিনি গেলেন চলে, দিয়ে আমায় সাজা

মনের খাঁচায় মনের কথা- বন্দী রেখে বাঁচা।

অব্যক্ত সেই মনের কথা, আজও বয়ে বেড়াই সার

প্রণাম জানাই আজ তোমাকে, আমার হারিয়ে যাওয়া স্যার।।

বীরেন বাবু

বীরেন বাবু ঢুকলে ক্লাসে

বেঞ্চগুলি সব ফাঁকা।

বই-খাতা কেউ চায় না দিতে

নস্যি হাতে মাখা।

বুকের উপর নস্যি পড়ে
জামায় মাখামাখি।
মাছি-গোঁফে নস্যি লেগে
রঙ ধরেছে খাকি।

ধারে-কাছে যায় না যে কেউ
সবাই থাকে দূরে।
ক্লাসের ভিতর ইচ্ছা মতো
কেউবা বেড়ায় ঘুরে।

ফিসফিসিয়ে পড়ান যদি
কাউকে কাছে পেলে।
প্রণাম করেই দৌড়ে পালায়
পাশের ক্লাসের ছেলে!

বীরেন বাবুর বাংলা ক্লাসে
ঘটতো এমন রোজ।
মিলবে এসব যদি করো-
স্মৃতির পাতায় খোঁজ।

———

ইতালির হেঁয়ালি

ইংরেজি বর্ণমালার, ক্রমিক দু'টি বর্ণ

প্রথমটি ভাওয়েল, দ্বিতীয়টি অন্য।

বিপরীত ক্রমে বসে– হয় তারা ধন্য

দু'য়ে মিলে নদী হল, ইতালির জন্য।

———

অনুনয় বর্ষবরণে

রাতের মৌতাতে কলকাতা-ঢাকা

মেতে আজ বাঙালি উড়িয়ে টাকা।

আলোর ঝর্নায় সুরা-নারী-ভোজনে

বেসামাল রাত কাটে বর্ষবরণে।

অবহেলা অনাহারে শীতে ফুটপাতে

ডাস্টবিন খালি আজ– ঘুম নেই রাতে।

সবিনয়ে নিবেদন সকলের কাছে—

একমুঠো ভাত পেলে পথশিশু বাঁচে।

শশাঙ্ক

কেশব নাগের অঙ্ক বইয়ে,

কচি শসার অঙ্ক।

কয়টি শসা পাকিয়ে খেলে

শশী হবে শশাঙ্ক।

নগরায়ণ

চারিদিকে গাছপালা, যতদূর দেখি

তার ফাঁকে, বহুতল কেন দেয় উঁকি!

রাস্তায় বাড়ে গাড়ি- রাস্তাও বাড়ে,

বাসে-ট্রেনে ভিড় যেন, ওঠে এসে ঘাড়ে।

———

ঘোড়ামারা দ্বীপ

তোমরা সবাই, যাচ্ছ কোথায়?

ছুটছো কেন দলবেঁধে?

কপাল দোষে, ভুল করেছি-

ঘোড়ামারায় ঘর বেঁধে।

———

বসন্ত বাহার

পাঁচটি ঋতু পাঠিয়ে শেষে

ঋতুরাজের সময় মেলে।

রঙের ডালি সাজিয়ে এনে

সাতরঙা রঙ দিলে ঢেলে।

প্রকৃতি মায়ের আঁচল ছুঁয়ে

লাগলো সে রঙ সবার মনে।

বন ময়ূরের পেখম জুড়ে

শাল-পিয়াল আর পলাশ বনে।

লুকিয়ে বসে পাতার ফাঁকে

আপন মনে কোকিল ডাকে।

পাল উড়িয়ে নৌকা চলে

আবীর রাঙা নদীর জলে।

———————

নষ্ট ব্রত

গড়-কে দেওয়া প্রতিশ্রুতি

ভাঙলে কেন ইভ?

আপেলখানা নাই বা খেতে
সামলে নিতে জিভ।

নাই বা হতো দেহের খিদে
নাই বা হতো লাজ
ধর্ষকদের লালস থেকে
বাঁচত নারী আজ।

———

একচোখো

বৌকে তোমার মিষ্টি লাগে,
বৌয়ের বোনটি মধু।
তার ভাইটির কী দোষে যে—
ভাগ্যে জোটে কচু।

শালি নাকি, আধি-ঘরওয়ালি
ভাবছ দেবে মালা।

ভাইকে খালি দিচ্ছ গালি—

বলছ তাকে 'শালা'!

তাপের খেলা

শীত-ভোরে রোজ ঠাকুরদাদা

গুড় বানাতেন খেজুর রসে।

আমরা গরম গুড়ের লোভে

ঝিনুক হাতে কড়ার পাশে।

আঁধার রাতে টিনের ঘরে

প্রবল শীতে যাচ্ছে থেমে

ভূতের গল্পে লেপের নিচে

ঠান্ডা কোথায়? যাচ্ছি ঘেমে !

তপ্ত রোদে শীতল বড়ই,

মাঠের মাঝে বটের তলে।

গ্রীষ্মকালে প্রাণটা জুড়ায়

কালো কুঁজোর শীতল জলে।

মানছে না কেউ তাপের খেলা,

শীত-তাপ যখন যেমন।

শীততাপের যন্ত্র বসায়

ঘরের ভেতর বাড়িয়ে দূষণ।

শিশু মন

পড়ার চাপ বইয়ের বোঝা

তারই মাঝে আমোদ খোঁজা।

রঙ ছড়িয়ে স্বপ্ন ছোঁয়া

শিশু মনের নাগাল পাওয়া।

খেজুর রস

তোমরা সবাই কত্ত ভাল
আমার মতো বিচ্ছু না।
গাছে চড়ে রস খাওয়া যে
আমার কাছে কিচ্ছু না।

সাত সকালে মাঠে গিয়ে
রস খেয়েছি মনের সুখে।
পাটকাঠি-নল ডুবিয়ে ভাঁড়ে
খেঁজুর গাছটি জড়িয়ে বুকে।

———

কুঁড়ে

গাছের তলায় বাবুসোনা
ডালে দেখে ঝুলছে নোনা।
পড়বে কখন ঝপাং করে
শুয়ে আছে ধৈর্য ধরে।

———

পার্থদা

দরজা দিয়ে মুখ বাড়িয়ে—

পক্বকেশে পার্থদা।

'আসতে পারি', যেই না বলা

সরিয়ে দিয়ে পর্দা।

জবাব দিলেন বড়বাবু

বন্ধ করে খাতা।

'বার্ধক্য ধরল নাকি?

বন্ধ এখন ভাতা।'

———

সিভিক

সিভিক পুলিশ পাঠশালাতে

অ আ ক খ শেখায়।

সিভিক অধ্যাপক ক্লাস প্রতি

তিনশো টাকা পায়।

আসল ছেড়ে কম খরচে

সিভিক যদি পাই।

মন্ত্রীগুলো বাতিল করে–

সিভিক মন্ত্রী চাই।

———

ভালরে ভাল

(সুকুমার রায়ের কবিতার অনুকরণে)

দাদা গো! দেখিছ ভেবে অনেক দূর

এই দুনিয়ায় সবাই ভাল,

তুমিও ভাল আমিও ভাল,

আপ ভাল তো জগৎ ভাল,

কাছে পিঠের কুটুম ভাল,

পাড়ার সকল পড়শী ভাল,

মোড়ের মাথার ময়রা ভাল,

চায়ের ঠেকের দোস্তও ভাল,

চা-দোকানি দাদাও ভাল,

সাতসকালে জ্যোতিষ ভাল,

ব্যাঙ্ক-বীমার এজেন্ট ভাল,

অফিস যাত্রী সবাই ভাল,

কলিগ ভাল বসও ভাল,

ট্রেন-বাসের হকার ভাল,

মুদিখানার মুদিও ভাল,

হাট-বাজারে মানুষ ভাল,

চেনাশোনা সবাই ভাল,

তবে অকপটে বলে রাখি-

চালিয়াতের চাইতে ভাল,

সহজ সরল বুদ্ধুরা।

কিন্তু সবার চাইতে ভাল-

ছোট্টবেলার বন্ধুরা।

————

শব্দহীন জন্মদিন

ছন্দ-ছড়ায় অন্ত মিল,

পড়লে পেটে ধরবে খিল।

খাই-খাই আর আবোল-তাবোল

পাতায়-পাতায় হাসির রোল।

শ্যামদাসকে বুঝিয়ে বলা,

পরশু রাতে ভুতের খেলা।

লড়াই ক্ষ্যাপা, পাগলা জগাই,

বিদ্যেবোঝাই বাবুমশাই।

পথ চলতে খুড়োর কল,

ষষ্ঠীর গায়ে অযুত বল।

এমন অনেক মজার ছড়া-

এযুগে আর যায় না পড়া।

বাংলা ভাষায় 'ননসেন্স ছড়া'

এই বুনিয়াদ তাঁরই গড়া।

'উহ্যনাম পণ্ডিত' ছদ্মনামে-

বছর পঁয়ত্রিশে কলম থামে !

আম-বাঙালির কিশোরকাল,

তিনি আছেন জুড়ে চিরকাল।

আজকে যে তাঁর জন্মদিন

তবে আমরা বড়ই শব্দহীন।

যুগল মিলন ★

পাঁচ জনে পাঁচ কথা কয়-

রাধা চলেছে তবু শ্রীমুখ দর্শনে

জটিলা কুটিলাদি না করি ভয়।

এই সংসারী জীবে বুঝিবে কেমনে

যুগল হৃদয়ে একই প্রাণবায়ু বয়।

[★ এটি একটি পঞ্চবাণ কবিতা: পাঁচটি লাইনের কবিতা। যার প্রতিটি
লাইনে পাঁচটি করে শব্দ থাকে।]

হাইকু: পৌষ[†]

(হাইকু- ১)

রসের ভাঁড়ে

বসছে ফিঙে, ওই–

খেজুর গাছে।

(হাইকু- ২)

মোঝোলা গুড়

গরম খেতে পাতে,

হৃদয় নাচে।

(হাইকু- ৩)

পিঠের লোভে

হাড় কাঁপানো শীতে,

আখার কাছে।

(হাইকু– ৪)

যাব কখন

এই শীতের রাতে

লেপের নিচে।

———

[† 'হাইকু' এক ধরণের সংক্ষিপ্ত জাপানি কবিতা। তিনটি পংক্তিতে যথাক্রমে ৫, ৭ এবং ৫টি জাপানি শ্বাসাঘাত 'মোরাস' মিলে মোট ১৭ মোরাসের সংক্ষিপ্ত পরিসরে একটি মুহূর্তের মনের ভাব প্রকাশ করা হয়।

হাইকু লেখার নিয়মটা হল:

1) এখানে অন্ত্যমিল মুখ্য নয়। করতে পারলে ভাল। আর না করতে পারলেও চলবে।

2) মোট তিন লাইনের লেখা হবে। দাঁড়ি বা কমা থাকতে পারে আবার না ও থাকতে পারে।

3) প্রত্যক্ষ বা পরোক্ষভাবে ঋতুবৈচিত্রের উল্লেখ থাকতেই হবে। জাপানিতে এই ঋতু নির্দেশক শব্দটিকে 'কিগো' বলে। তবে, ভুল করে– গ্রীষ্ম, শীত, হেমন্ত বা বসন্ত ঋতুর নামোল্লেখ– কোনও মতেই চলবে না। তবে, ক্ষেত্রবিশেষে ঠান্ডা অর্থে 'শীত' শব্দটি ব্যবহৃত হতে পারে।

4) প্রথম লাইনে থাকবে ৫ সিলেবলের অক্ষর। দ্বিতীয় লাইনে থাকবে ৭ সিলেবলের অক্ষর এবং তৃতীয় লাইনেও থাকবে ৫ সিলেবলের অক্ষর।]

দুই মনো

এ-পাড়ার মনো আর ও-পাড়ার মনো

দু'জনের ভারি সুখ, কাজ নেই কোনও।

এ-পাড়ার মনো রোজ কাকভোর ওঠে

খালি পায়ে সারা মাঠ– দশ পাক ছোটে।

ও-পাড়ার মনো দেখি ফুল বাবু সেজে

কোঁচা ধরে হেঁটে যান, অতি মহা তেজে।

কোনও বাড়ি তাড়াতাড়ি দৈনিক দিলে

ছোঁ মেরে দুই মনো, নিয়ে যায় তুলে।

একদিন দুই মনো নিয়ে এক দৈনিক

দু'জনেই যুযুধান একরোখা সেনিক।

এ-পাড়ার মনো বলে, "আমি আগে এসেছি"

ও-পাড়ার মনো বলে, "আমি আগে দেখেছি।"

এই বলে দু'জনেই– টান দেয় কাগজে

'কাগজটি অন্যের', নেই কারও মগজে।

বুক ফাটে কাগজের, পারে না সে কইতে

শেষে হল ফালাফালা– না পেরে সইতে।

———

খোঁজ

পাড়ায়-পাড়ায় ঘুরছে বুড়ি

নাকের ডগায় আঁচল চেপে।

ঘাসের উপর ফেলছে চরণ

হিসাব কষে ইঞ্চি মেপে।

লোকের বাড়ির উঠোনগুলো

নোংরা বোঝাই যেন!

সবার বাড়ি ঘুরছে বুড়ি

কেউ জানে না কেন?

কোন বাড়িটি ইলিশ মাছের

গন্ধ দিয়ে ভরা।

কোন বাড়িতে হাঁড়ির মুখে

মস্ত বড় সরা!

কোন বাড়ি কে এলো গেল

কোন বাড়ি কী খায়।

কোন বাড়িতে নতুন কাপড়

দিচ্ছে সবাই গায়!

কাদের বাড়ি নতুন গাড়ি

আজকে হঠাৎ এলো।

কাদের ছেলে প্রেমটি করে

বেদম প্যাদান খেলো।

কারও পাড়ায় এমন মানুষ

দেখতে পেলে রোজ?

'আগডুম-বাগডুম' দপ্তরে-তে

পাঠিয়ে দিও খোঁজ।

―――